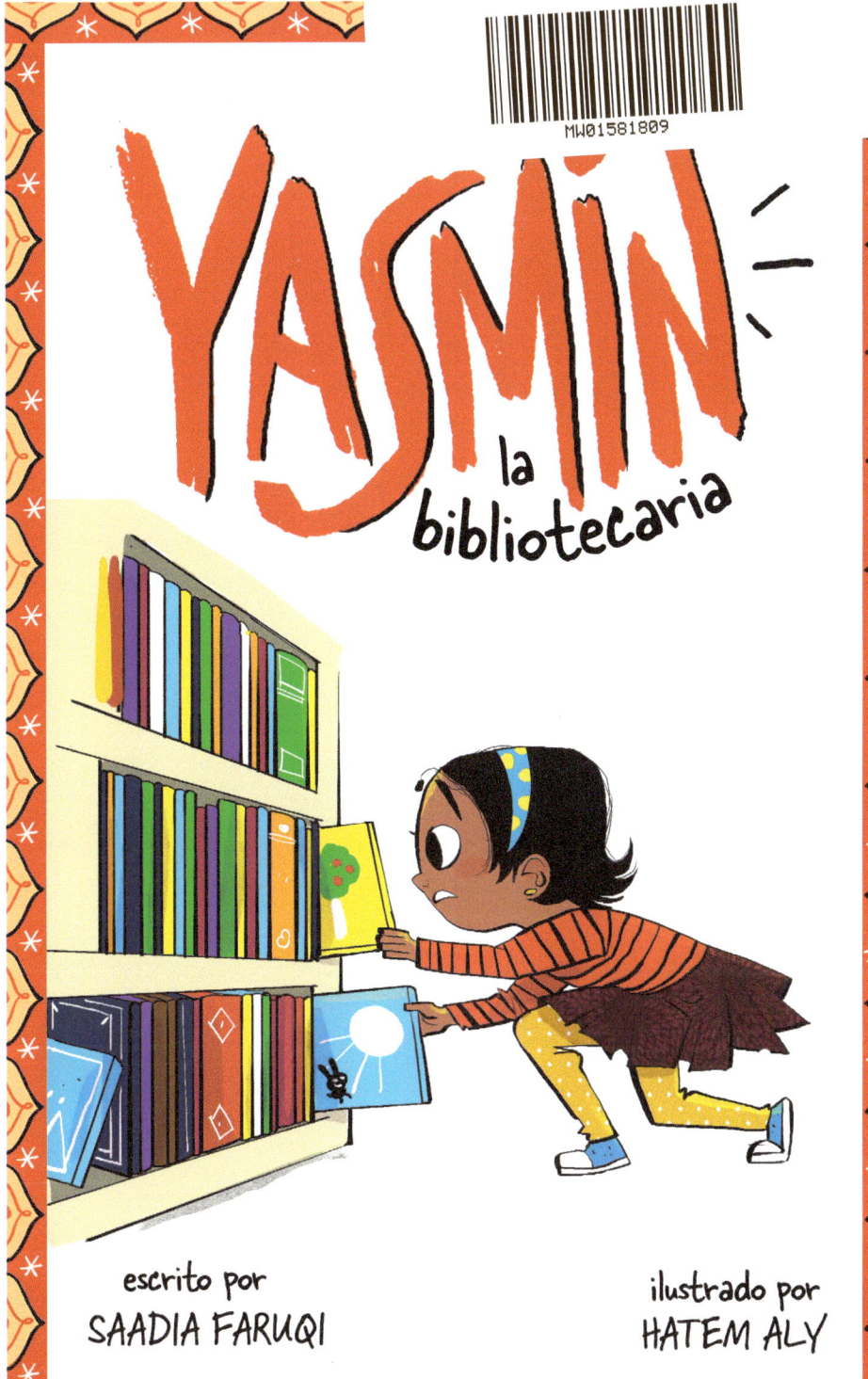

Para Mariam, por inspirarme, y Mubashir, por ayudarme a encontrar las palabras precisas—
S.F.

Para mi hermana, Eman, y sus increíbles hijas, Jana y Kenzi—H.A.

Yasmin es una publicación de Picture Window Books, una marca de Capstone.
1710 Roe Crest Drive
North Mankato, Minnesota 56003
capstonepub.com

Derechos de autor del texto © 2024 de Saadia Faruqi.
Derechos de autor de las ilustraciones © 2024 de Capstone.

Todos los derechos reservados. Ninguna parte de esta publicación puede ser reproducida ni total ni parcialmente, ni almacenada en un sistema de recuperación, ni transmitida de ninguna forma o por ningún medio, ya sea electrónico, mecánico, fotocopia, grabación o de otro tipo, sin la autorización escrita de la casa editorial.

Library of Congress Cataloging-in-Publication Data
Names: Faruqi, Saadia, author. | Aly, Hatem, illustrator.
Title: Yasmín la bibliotecaria / escrito por Saadia Faruqi ; ilustrado por Hatem Aly.
Other titles: Yasmin the librarian. Spanish
Description: North Mankato, Minnesota : Picture Window Books, una marca de Capstone, 2023. | Series: Yasmin en español | Audience: Ages 5 to 8. | Audience: Grades K-1. | Summary: It is library day and helper Yasmin is busy shelving books, but suddenly she discovers that her own special book is missing, prompting her to calmly retrace her steps.
Identifiers: LCCN 2022049405 (print) | LCCN 2022049406 (ebook) | ISBN 9781484682166 (hardcover) | ISBN 9781484682159 (paperback) ISBN 9781484682142 (pdf)
Subjects: LCSH: Libraries—Juvenile fiction. | Schools—Juvenile fiction. | Lost articles—Juvenile fiction. | Pakistani Americans—Juvenile fiction. | Muslims—United States—Juvenile fiction. | CYAC: Libraries—Fiction. | Schools—Fiction. | Lost and found possessions—Fiction. | Pakistani Americans—Fiction. | Muslims—United States—Fiction. | Spanish language materials.
Classification: LCC PZ73 .F3418 2023 (print) | LCC PZ73 (ebook) | DDC [E]—dc23

Diseñadora: Kay Fraser
Elementos de diseño:
Shutterstock: LiukasArt

Traducción al español por: PA Bilingual Communication Services

TABLA DE CONTENIDO

CAPÍTULO 1
LA AYUDANTE 5

CAPÍTULO 2
ATAREADA CON LOS LIBROS 10

CAPÍTULO 3
EL LIBRO ESPECIAL 16

CAPÍTULO 1

La ayudante

La clase de Yasmin se formó para ir a la biblioteca. Era la última hora del día escolar. Todos estaban cansados.

Menos Yasmin. Ella estaba emocionada. Trajo un libro que quería enseñar a la bibliotecaria. ¡Y hoy le tocaba ser la ayudante!

"¡Pasen, pasen!", dijo en voz alta la bibliotecaria, la Sra. Kogo. "¡La biblioteca los espera!"

La biblioteca era grande y tenía mucha luz natural. Había estanterías por todos lados.

"Yasmin, ¿qué traes bajo el brazo?", preguntó la Sra. Kogo.

"Traje mi libro favorito para enseñárselo. Es sobre los gatos. ¡Mi baba me lo dio!", dijo Yasmin.

Había un montón de libros en el escritorio de la Sra. Kogo.

"¡Qué bueno! Cuando terminemos las tareas de la biblioteca, lo miraremos".

Le sonrió a Yasmin.

"Veo que tú eres mi ayudante hoy. Si trabajamos juntas, ¡no tardaremos nada en ordenar todos estos libros!"

Yasmin afirmó con la cabeza. "¡Estoy lista para trabajar!"

CAPÍTULO 2

Atareada con los libros

La Sra. Kogo le enseñó a Yasmin a devolver los libros a la estantería.

"Los cuentos van en orden de acuerdo al apellido del autor", dijo la Sra. Kogo. Le mostró a Yasmin los letreros del alfabeto en las estanterías. "Si te sabes el abecedario, lo harás bien".

Yasmin amontonó todos los libros en un carrito y empezó a devolverlos a la estantería. Primero A, luego B y C . . . hasta llegar a Z. Encontró un autor con el apellido Ahmad, ¡al igual que ella!

Se le acercó Emma. "Yasmin, no encuentro el libro que busco", se quejó.

Yasmin revisó el apellido del autor. Comenzaba con G.

"¡Allá está!", señaló Yasmin con el dedo.

"¡Gracias, Yasmin!", dijo Emma.

Cuando ya estaban todos los libros en sus lugares, la Sra. Kogo le pidió que ordenara todas las mesitas y sillas.

Ali también necesitaba ayuda.

"Yasmin, ¿sabes dónde están los marcalibros?", preguntó.

Yasmin encontró la caja en el escritorio de la Sra. Kogo. "¡Aquí están!"

Por fin Yasmin había terminado todas las tareas.

Ahora podía mostrarle su libro especial a la Sra. Kogo.

Pero . . . ¿dónde estaba? Yasmin se dio cuenta de que ya no lo tenía.

"¡Mi kitaab!" Quería llorar. ¿Dónde estaba el libro que le había dado Baba?

CAPÍTULO 3

El libro especial

Yasmin respiró profundo y miró alrededor. Había trabajado en muchas áreas de la biblioteca.

¿Cómo haría para encontrar su libro? Tendría que volver a cada área para revisar.

Primero fue al escritorio de la Sra. Kogo. Ahí estaba la caja con los marcalibros, pero el libro especial no estaba.

De ahí fue a las estanterías. Revisó en cada sección, de A a Z. Tampoco estaba ahí el libro especial.

¡Ay, no! ¿Será que alguien se lo llevó sin querer?

De repente, Yasmin escuchó la voz de la Sra. Kogo. Estaba hablando sobre los animales.

Yasmin volteó. Su clase estaba sentada en la alfombra. Ya había comenzado la hora de cuentacuentos. ¡La Sra. Kogo estaba leyendo el libro especial que Baba le había dado a Yasmin!

Corrió hacia la alfombra y encontró un lugar junto a Emma.

"Yasmin, este libro es fantástico", susurró Emma.

"¡Los gatos son geniales!"

"Ya sé", susurró Yasmin, sonriendo.

Poco después, sonó el timbre. La Sra. Kogo cerró el libro. "¡Gracias por compartir este libro con la clase, Yasmin!"

"¡Pero no lo terminamos de leer!", dijo Ali.

"Yo tengo una idea", dijo Yasmin. Voy a prestar mi libro a la Sra. Kogo para la semana. ¡Así todos tendrán la oportunidad de leerlo!

La Sra. Kogo sonrió. "¡Eres muy buena bibliotecaria, Yasmin!"

Piénsalo, háblalo

❋ ¿Qué cosa especial llevarías a la escuela para mostrar o compartir con un amigo o maestro? ¿Por qué es especial para ti?

❋ ¿Has perdido algo importante alguna vez? Si estuvieras en el lugar de Yasmin en este cuento, ¿qué habrías hecho? Imagina qué podría haber sucedido si Yasmin no hubiera encontrado su libro.

❋ ¿Algún maestro te ha pedido ayuda con algunas tareas, así como la Sra. Kogo le pidió a Yasmin? ¿Cómo te hizo sentir? Piensa en una ocasión en que te resultó divertido ayudar. Ahora piensa en una ocasión en que resultó desagradable. ¿Cuál era la diferencia?

¡Aprende el urdu con Yasmin!

La familia de Yasmin habla español y urdu. El urdu es un idioma de Paquistán. ¡A lo mejor ya te sabes algunas palabras en urdu!

baba (BA-ba)—padre

hijab (ji-YAB)—un pañuelo para cubrir el cabello

jaan (yan)—vida; un apodo de cariño para un ser querido

kameez (ca-MIZ)—una túnica o camisa larga

kitaab (qui-TAB)—libro

lassi (LA-si)—una bebida de yogur

nana (NA-na)—abuelo materno

nani (NA-ni)—abuela materna

salaam (sa-LAM)—hola

shukriya (shu-CRI-ya)—gracias

Curiosidades sobre Paquistán

Yasmin y su familia están orgullosos de su cultura paquistaní. ¡A Yasmin le encanta compartir datos sobre Paquistán!

Paquistán se ubica en el continente asiático. Comparte fronteras con la India de un lado y Afganistán del otro.

La palabra Paquistán significa "tierra de lo puro" en urdu y persa.

Se hablan muchos idiomas en Paquistán, entre los que se incluyen el urdu, el inglés, el saraiki, el punyabí, el pastún, el sindi y el balochi.

Malala Yousafzai, de Paquistán, fue ganadora del Premio Nobel de la Paz a la edad de 17 años. Es la persona más joven que ha ganado un premio Nobel.

El leopardo común, el leopardo de las nieves y el guepardo asiático son tres tipos de gatos salvajes que viven en Paquistán.

Haz un marcalibros de Yasmin

IMPLEMENTOS:
- una regla
- cartulina o papel grueso
- tijeras
- un lápiz
- papel de calcar o papel delgado
- cinta adhesiva
- lápices de color, crayolas o marcadores

PASOS:
1. Corta un pedazo de cartulina que mida 2 pulgadas por 6 pulgadas.
2. Dibuja a Yasmin en la cartulina, o usa el papel de calcar para trazar la imagen de Yasmin que aparece aquí.
3. Si trazaste la imagen, recórtala y pégala a la cartulina con la cinta adhesiva.
4. Usa lápices, crayolas o marcadores para colorear a Yasmin y agregar los detalles.
5. ¡Usa tu nuevo marcalibros de Yasmin en tu libro favorito!

Sobre la autora

Saadia Faruqi es una escritora paquistaníamericana, activista interreligiosa y entrenadora de sensibilidad cultural que ha sido presentada en la revista *O Magazine*. Es autora de dos novelas para jóvenes de la escuela intermedia, *A Place at the Table* y *A Thousand Questions*. También es jefa de redacción de *Blue Minaret*, una revista en línea de poesía, relatos cortos y arte. Además de escribir libros, le encanta leer, ver sus series preferidas sin parar y tomar siestas. Vive en Houston, Tejas, con su esposo e hijos.

Sobre el ilustrador

Hatem Aly es un ilustrador, nacido en Egipto, cuyas obras han sido publicadas en todo el mundo. Actualmente, vive en la bella ciudad de New Brunswick, Canadá, con su esposa, su hijo y más mascotas que personas. Cuando no lo encuentras remojando galletas en una taza de té o mirando fijamente unas hojas de papel en blanco, lo encontrarás dibujando, leyendo o soñando despierto. Puedes ver su arte en libros que han ganado reseñas de múltiples estrellas y puestos en la lista del *New York Times* de los libros más vendidos, entre ellos, *The Proudest Blue* (con Ibtihaj Muhammad y S.K. Ali) y *The Inquisitor's Tale* (con Adam Gidwitz), ganador del honor Newbery.

¡Sigue a Yasmin en otras de sus aventuras!

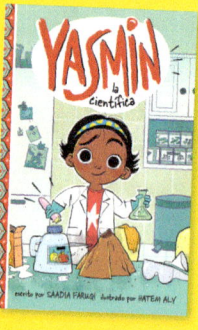

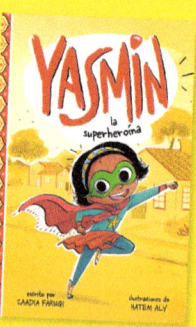
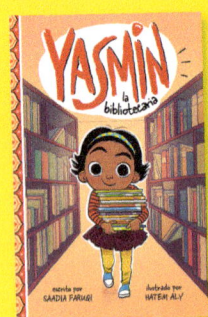
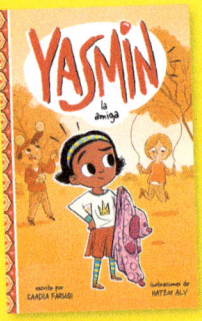
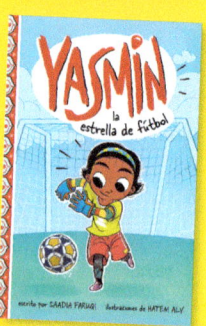
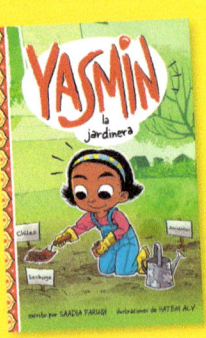
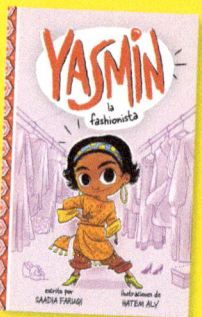
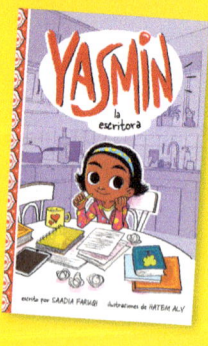

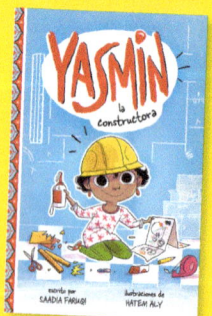
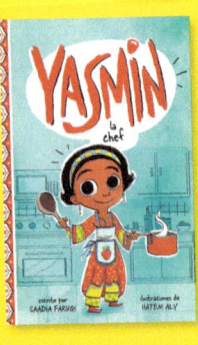
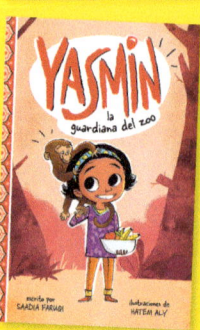

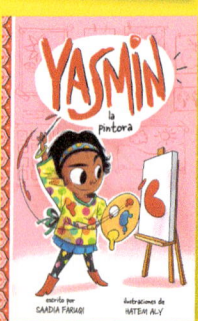